W0338847

Les Gaulois

Texte de Stéphanie Ledu
Illustrations de Cléo Germain

Il y a un peu plus de 2 000 ans, notre pays était habité par 60 **peuples**. Ils parlaient la même langue et vivaient de la même façon que de nombreuses autres tribus en Europe.

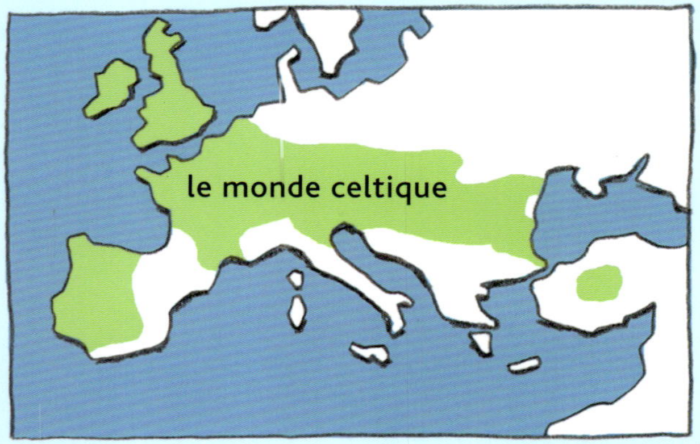

Ces hommes s'appelaient eux-mêmes **Celtes**. Leurs voisins les Romains, eux, les nommaient **Gaulois** !

Essaie de retrouver quel peuple vivait là où tu habites aujourd'hui...

Nous voici en **Gaule**. À l'époque il n'y a pas de villages, mais seulement des **fermes** éparpillées dans la campagne.

Les Gaulois utilisent beaucoup de bois.
Les forêts sont moins étendues qu'aujourd'hui !

Pour les Gaulois, des **dieux** habitent les grottes, les collines… et les sources, où l’on fait des **offrandes** pour être guéri d’une maladie.

Les **menhirs** ne sont pas gaulois : ces pierres ont été dressées ici 3 000 ans plus tôt !

Visitons une ferme.

Ses bâtiments sont en bois recouvert de boue : « Splach ! » Les toits sont en paille, ou chaume.

Dans les champs, on plante du blé, de l'orge ou du millet. Au potager poussent des raves, des choux, des pois...

Les Gaulois inventent ou perfectionnent des outils encore utilisés aujourd'hui.

Ce sont aussi de bons éleveurs. Oh, les belles oies !

Seuls les riches chassent. Ils traquent souvent le cerf, et rarement le sanglier.

Chez les Gaulois, l'**école** n'existe pas.
Au travail, les enfants !

La plupart des objets sont fabriqués à la maison, comme cette table ou ce fauteuil en **osier**.

Très coquets, hommes et femmes portent des bijoux.
Mais pour se voir… pas de miroir !

Les vêtements sont pratiques et confortables.
Après avoir teint les fils avec des plantes, les femmes **tissent** des étoffes colorées.

Le **savon** est une invention des Gaulois.

Toute petite, la maison compte une seule **pièce**, sans cheminée. Pour évacuer la fumée, il n'y a qu'une petite ouverture dans le toit.

Les pots contiennent de la nourriture ou des plantes sauvages qui **soignent**.

Que va-t-on manger ce soir ? Du porc et des lentilles, du pain, de la **faisselle** et du miel, des mûres... Les adultes boivent de la **cervoise**, une bière faite maison.

Ensuite, au lit ! Les matelas, remplis de **laine**, sont bien douillets.

La Gaule est
un pays riche.

Ses habitants **commercent** avec leurs voisins romains et grecs. Ils leur vendent du blé, des charcuteries, du bétail, des tissus, des objets d'artisanat, du sel, du cuivre, du fer.

En échange, ils achètent de l'huile et des quantités incroyables de vin d'Italie, transporté dans des **amphores** ou dans des **tonneaux**. Cet objet gaulois est beaucoup moins fragile !

Gare aux Gaulois : ce sont de farouches **guerriers**. On sait qu'ils ont mené des **expéditions** jusqu'en Italie et en Grèce.

Parfois, ce sont deux peuples voisins qui s'affrontent !

« Pouuuu… » Les trompettes, appelées carnyx, émettent un son effrayant.

Parés de leurs plus beaux bijoux, les hommes se jettent sur l'ennemi en hurlant. La tête de celui qui meurt deviendra un trophée, et les prisonniers seront vendus comme esclaves !

En cas de danger, direction l'**oppidum** !

Ici, c'est le quartier des **nobles** et du **chef** : leurs maisons ressemblent aux luxueuses **villas romaines**...

Située en hauteur, cette **place fortifiée** permet à chaque peuple gaulois de surveiller son territoire et de contrôler les routes.

L'oppidum est aussi un grand **marché** : ses artisans savent faire de magnifiques objets.

Avec les **métaux**, ils créent des bijoux, des récipients, des armes… Le temps des Gaulois est appelé l'**âge du fer**, car ce sont eux qui ont su le travailler en premier.

Combien pour cette fibule en **or** ? Et pour ce vase en **bronze** ?
Chaque tribu frappe ses propres **monnaies** !

Au sanctuaire, le druide sacrifie un mouton. Les morceaux les moins bons seront offerts aux dieux, les meilleurs seront mangés lors d'un banquet en leur honneur !

On connaît quelques dieux gaulois, mais les **prières** se sont perdues, car en Gaule on n'écrit pas !

Le **druide** est un personnage très important. Ce savant connaît la nature et les étoiles, prédit l'avenir, rend la justice, pratique la médecine et éduque les fils des chefs.

En 58 avant Jésus-Christ, le monde des Gaulois bascule.
Le général romain **Jules César** décide de **conquérir** le pays...

Les **Éduens**, des Gaulois alliés aux Romains, appellent César au secours. Ils veulent chasser de chez eux les **Helvètes**, un peuple venu de la Suisse actuelle qui essaie de s'installer en Gaule !

César repousse les Helvètes, mais ne rentre pas chez lui : il laisse des soldats romains en Gaule.

Sentant leur liberté menacée par les Romains, les peuples gaulois s'allient et se révoltent. **Vercingétorix**, leur chef, vient du peuple des Arvernes.

Après 6 ans d'une **guerre** terrible, Vercingétorix rend les armes à Alésia. César a gagné !

La Gaule appartient désormais à **Rome**. Petit à petit, les choses changent : on commence à parler le **latin** au lieu du celte, les enfants vont à l'école...

Les routes sont **pavées** ; de nouvelles villes sont bâties, avec des **thermes**, des **arènes**, des **théâtres** ; l'**aqueduc** amène l'eau courante... Vive le confort romain !

Pendant plus de 300 ans la paix va régner en Gaule romaine, jusqu'à ce que des **barbares** venus de l'est l'envahissent. Ce sera le début d'une nouvelle aventure...

Les **vestiges** des Gaulois sont nombreux. Pourtant, ces peuples, qui font partie de nos ancêtres, restent mystérieux.
Car ce que l'on sait d'eux vient souvent d'un livre écrit par César.
Ne disait-il que la vérité ? Personne ne le sait !

Découvre tous les titres de la collection

Mes P'tits DOCS

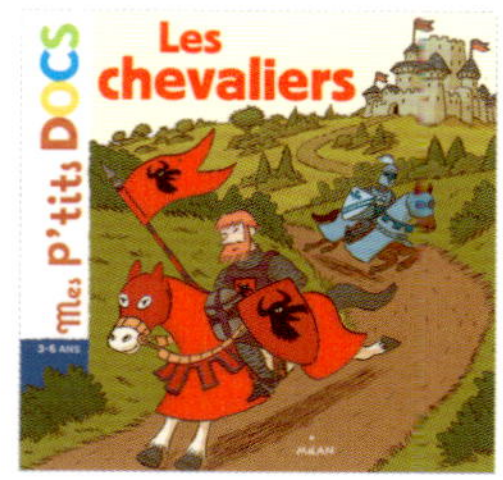

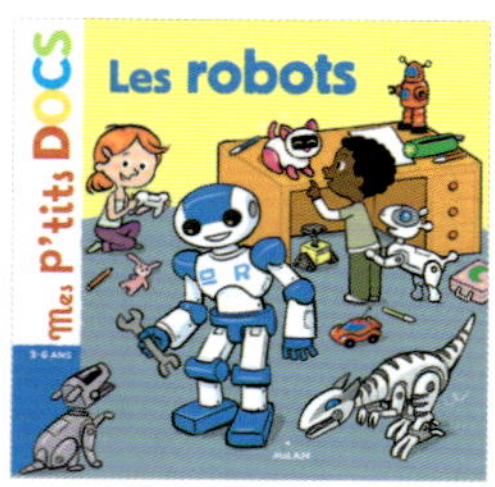

À table !
Au bureau
Les bateaux
Le bébé
Le bricolage
Les camions
Le cinéma
Les Cro-Magnon
Les dauphins
Les dents
Les dinosaures
L'école maternelle
L'espace
La ferme
La fête foraine
Le football
Le handicap
L'hôpital
Les Indiens
Le jardin
La Lune
Les lunettes
La musique
La nuit
Le pain
Les policiers
Les pompiers
Versailles
Les voitures
Les volcans
Voyage en avion
Le zoo